POÉSIES

PATRIOTIQUES ET MILITAIRES

PAR

Pierre CHATEAUGAY

PARIS

HURTAU, LIBRAIRE-ÉDITEUR

GALERIES DE L'ODÉON, 12 A 15

1879

POÉSIES

PATRIOTIQUES ET MILITAIRES

PAR

Pierre CHATEAUGAY

A la Mère-Patrie, aux Français de tout âge,
A mon pays entier, ce bien modeste hommage
De l'un de ses enfants.

Puisse-t-il réveiller l'ardent patriotisme
Qui, de nos ennemis, par un saint héroïsme,
Nous rendra triomphants !

PARIS

HURTAU, LIBRAIRE-ÉDITEUR

GALERIES DE L'ODÉON, 12 A 15

1879

A LA FRANCE

« Mais les destins et les flots sont changeants. »

(Béranger.)

Quand un peuple est vaincu, quand sur sa vieille gloire
Tombe un épais linceul qui la rend au passé,
Quand par de vains effort appelant la victoire,
Il défend son pays et qu'il s'en voit chassé,
Lorsqu'il succombe enfin sous la force du nombre,
Le vainqueur exigeant l'écrase sans pitié...
Il nous fut ainsi fait ; et le Prussien dans l'ombre
Cache aujourd'hui sa proie et son inimitié...
Qui donc nous défendit en nos jours de détresse ?
Quel puissant souverain vint à notre secours ?
Quel peuple généreux nous fit une promesse ,
Ou, nous tendant la main, nous prêta son concours ?
Personne !.. Et cependant, grâce à notre influence,
L'Europe avait joui d'une profonde paix ;
On écoutait le faible, et son indépendance
Etait pour nous le prix de nos nombreux bienfaits.
Pour qui Sébastopol ? pour qui la Palestine ?
Pour qui Solférino ? pour qui tant de succès ?

Toujours pour une idée ou pour une doctrine,
La doctrine du droit et l'amour du progrès.
Souvent victorieux nous n'avions point en vue
Le but que veut atteindre un peuple conquérant,
Mais un juste traité, parfois une entrevue,
Répondaient à chacun, réglaient le différend.
Et nous nous contentions d'avoir servi de frères
A ceux que les puissants opprimaient sans merci ;
Leurs lois, leurs libertés, à tous nous étaient chères ;
Chacun selon son droit, voilà notre souci...
Mais vint un jour néfaste, heure à jamais maudite,
Où la France tomba sous les coups du Prussien :
Car l'affamé du Nord depuis longtemps médite
De prendre notre avoir pour en faire le sien.
Alors, ô pauvre France, un douloureux calvaire
Fut pour toi le chemin qu'il fallut parcourir ;
Tu combattis six mois ton terrible adversaire,
Tout Français qui tomba sut bravement mourir.
Sur ton sein déchiré, dans tes villes fumantes,
Aux sinistres clartés de leur bombardement,
Combien de nobles cœurs, combien d'âmes vaillantes
Dirent qu'elles t'aimaient jusqu'au dernier moment !...
Ils étaient trop nombreux, car le flot teutonique
Envahissait le Nord, l'Est et tout le pays ;
Et malgré sa valeur, son courage héroïque,
La France succomba couverte de débris !...
Soldats qui combattiez, mais qu'un sort redoutable
Fit prisonniers de guerre, est-il un souvenir
Plus pénible pour vous, plus poignant, plus durable,
Que celui de ces jours où chacun fut martyr ?

Où, vaincus et captifs, sur la terre étrangère,
Votre cœur se brisait sous le poids du malheur ?..
Ils sont nombreux, là-bas, ceux pour qui la misère
Marqua le dernier jour d'une horrible douleur !..

..

Un homme d'un grand nom, un septuagénaire,
Thiers parcourut alors diverses nations,
Cherchant des souverains un appui nécessaire
Contre le roi prussien et ses prétentions.
C'est en vain qu'il parla, chacun fit sourde oreille,
On le paya de mots, on plaignit notre sort ;
Mais tant pis pour la France, une chute pareille
Fut mise à notre compte et resta notre tort.
Nul ne voulut gêner la Prusse en cette affaire ;
Elle était la plus forte et tenait sous sa main
Son ennemi vaincu. Chacun la laissa faire,
Que son procédé fut brutal, même inhumain.
Ta proie était enfin livrée, ô Germanie !
Ton appétit féroce étonna l'univers ;
Ta victime sanglante et près de l'agonie
Etait là, sous tes pieds, tous ses membres ouverts !
Alors, n'écoutant plus que ta soif et ta haine,
Tu nous pris d'un seul coup et par droit du plus fort
Plusieurs de nos milliards, l'Alsace et la Lorraine !..

Et tu partis chez toi, n'ayant plus qu'un remords :
C'est de n'avoir pu tout anéantir, tout prendre !..
Sois fière maintenant de ton riche butin,
Garde tout jusqu'au jour où tu devras tout rendre :
L'Eternelle justice a marqué ton destin !..

Qui ne sent en son cœur une sainte colère
Au souvenir affreux d'un malheur sans égal ?
Un traité pourra-t-il, triste fruit de la guerre,
Absoudre un tel forfait, le proclamer légal ?
Jamais !.. Souvent un peuple échappé du naufrage
Devient sage et puissant aux yeux de l'univers ;
S'il doit, dans l'avenir, se venger d'un outrage
De glorieux succès effacent ses revers.

Amis, travaillons tous à notre renaissance ;
Laissons-là les partis, ils sont d'un autre temps ;
Toujours pour la Patrie, oui, toujours pour la France,
C'est aujourd'hui le cri de tous ses vrais enfants.
Le salut du pays est le but à poursuivre,
Il faut marcher sans crainte et toujours en avant :
Un peuple ne meurt pas quand il combat pour vivre,
Mais il se fortifie et grandit bien souvent.

En ces temps si troublés, chaque Etat par les armes,
Impose ses traités ou se défend d'autrui ;
Celui qui voudra vivre en paix et sans alarmes
Devra leur demander sa force et leur appui.
Tes enfants sont debout, vis libre, indépendante,
France, à toi l'avenir et l'immortalité ;
Car sur ta vieille épée encor toute sanglante,
Brille en lettres de feu, le mot de Liberté.

CHANSON

Mes chers amis, parlons de notre France,
A mes chansons prêtez vos fiers accents,
Soyons pour elle un sujet d'espérance
Guérissons-la de ses maux si récents !
Son sol sacré foulé par des barbares
A refleuri pour effacer leurs pas ;
J'entends encor le bruit de leurs fanfares,
Ha ! ces Prussiens, ne les oublions pas.

De son cadavre ils ont fait leur litière,
Dans l'esclavage entraîné ses enfants,
Et de Paris rapproché la frontière
Pour revenir y vivre à nos dépens,
Pour insulter à notre humeur guerrière,
Ou décrocher quelques nouveaux appâts :
Mais de nos champs, ils mordront la poussière,
Car ces gens-là, nous ne les aimons pas.

En combattant, ils avaient pour devise
Notre ruine et notre abaissement,
Notre richesse armait leur convoitise

Et notre gloire offusquait l'Allemand ;
Ils ont sali le front de notre mère,
Porté chez nous la honte et le trépas,
Mais ton succès ne sera qu'éphémère,
Peuple prussien, nous ne l'oublions pas.

Quand nos guerriers trahis par la victoire
Marchaient, hélas ! sous ton ciel nuageux,
Tu leur disais nos plus beaux chants de gloire
Pour aggraver leur sort si douloureux.
Voilà comment après notre défaite
On outrageait l'honneur de nos soldats !
Ils sont passés, tes si beaux jours de fête,
Peuple prussien, nous ne l'oublions pas.

Et nos milliards ne t'ont pas fait renaître :
Le bien volé n'a jamais profité ;
Que voulais-tu ? qui croyais-tu donc être
En nous pliant sous ton iniquité ?
Souviens-toi bien que le Dieu des conquêtes
Peut fuir un jour loin de tes potentats ;
Malheur à toi dans tes jours de défaites,
En ces moments, nous ne t'oublîrons pas.

Ha ! gémissez, Alsace et vous, Lorraine,
Couvrez de deuil vos fronts éblouissants,

Mais espérez ; une main souveraine
Peut dissiper vos douloureux accents ;
Prenez courage et pensez à la France,
Elle vous aime et vers vous tend ses bras.
Aux jours heureux, aux jours de délivrance
La mère en pleurs ne vous oublîra pas.

Et nous, Français, qui voyons leurs alarmes,
Nous qui devons tant à la Liberté,
Laisserons-nous dormir nos vieilles armes,
Mourir nos sœurs dans leur captivité ?
Quoi ! notre Rhin témoin de tant de gloires
Ne verrait plus la trace de nos pas ?
Non, non, jamais, et malgré nos déboires.
Il est à nous, nous ne l'oublions pas.

Armons nos cœurs d'un pur patriotisme,
Rendons leur mère aux pauvres orphelins,
Brisons leurs fers et par notre héroïsme
Délivrons-les de maîtres inhumains.
Fraternité, brille et sois notre égide,
Sois-nous présente à l'heure des combats !
Liberté sainte, ô toi, sois notre guide,
A la victoire entraîne nos soldats !

LE DRAPEAU

Salut, nobles couleurs, qui flottez sur nos têtes,
Ornement vénéré des plus beaux jours de fêtes ;
Symbole glorieux, sceau de notre union ,
Connu, dans l'univers, de chaque nation !

Vous portez dans vos plis l'avenir de la France,
Vous êtes son salut, sa foi, son espérance,
Vous nous marquez pour elle un avenir nouveau :
Salut à mon pays, salut à son drapeau !

Quel cœur vraiment français peut te voir impassible?
Quelle âme à ton aspect peut rester insensible?
Objet qui nous est cher, monument immortel,
Signe à jamais béni d'un pacte fraternel ?

Qu'on t'appelle étendard, pavillon ou bannière,
L'expression n'est rien, qu'importe la manière
De te donner un nom ; nous te connaissons tous,
Des guerriers de tout temps suprême rendez-vous.

Ton honneur nous est cher, sous toi notre vaillance
N'éprouvera jamais la moindre défaillance,
Pour affirmer ton droit les Français sont debout,
Qu'à toi soit le respect et toujours et partout.

Car tu n'es plus d'un roi l'orgueilleuse oriflamme
Que défend un soudard ou qu'un seigneur acclame,
Le fruit d'un riche exploit, le prix du plus offrant,
Mais l'emblème sacré d'un peuple libre et grand.

Si ton prestige est mort, si ta hampe s'incline,
La France voit soudain son astre qui décline ;
Quand le destin d'un jour vient trahir ta valeur
Le deuil est général, c'est pour tous un malheur !

Mais quand, victorieux, dissipant nos alarmes,
Tu réponds à nos vœux par le succès des armes,
A ton ombre chérie accourt chaque Français
Qui te doit de jouir des bienfaits de la paix.

Soldat, écoute-moi, pour toi je suis un frère,
Comme toi je suis fait pour les camps, pour la guerre,
Avec toi je combats sans souci du danger,
Toujours pour la patrie et contre l'étranger.

Aussi, France et drapeau pour nous sont synonymes ;
Ils nous font valeureux, puissants et magnanimes.
Ces deux mots sont écrits jusqu'au fond de nos cœurs ,
Puissions-nous pour leur gloire être toujours vainqueurs !

Si pour le régiment tu quittes ta chaumière,
Conscrit, le front levé, marche à notre bannière :
C'est aujourd'hui l'école où chacun doit venir
Pour savoir commander et savoir obéir.

Sois fier d'être soldat et de servir la France,
D'être le vrai soutien de son indépendance :
Sans toi pas de progrès mais toujours l'incertain,
Pas de sécurité, pas d'avenir lointain ;

Pas de travail non plus, partant pas de science :
Les siècles écoulés en sont l'expérience ;
Le père ne pourrait léguer à ses enfants
L'héritage qu'il doit lui-même à ses parents.

Tous les fruits de la paix ne seraient que chimère,
Quel respect aurait-on pour le père et la mère ?
Des crimes odieux marqueraient chaque jour,
Tout pays n'offrirait qu'un dangereux séjour.

On verrait en tout lieu l'effroyable anarchie,
Le bien sans résultat, la canaille affranchie,
La patrie exposée au premier coup de main
Et l'Etat chancelant marcher vite à sa fin.

L'étranger s'armerait pour envahir nos villes,
Alléguant pour raison nos discordes civiles;
Le peuple sans soldats serait bientôt vaincu
Et partout l'on dirait : « Les Français ont vécu. »

Mais grâce à tes enfants armés pour ta défense
Ne crains point l'avenir, compte sur eux, ô France !
Tu sais que dans leurs cœurs brûlent comme un flambeau,
L'amour de la Patrie et l'honneur du drapeau.

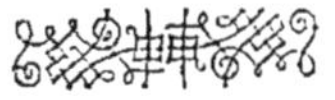

AUX POÈTES

Fils d'Apollon, enfants chéris des Muses,
Vous ne chantez que Bacchus ou l'Amour,
Car maintenant, vos mille voix confuses,
Vos vers pompeux les nomment chaque jour.

Sans doute le sujet est vaste,
Amour s'entend toujours à deux ;
Il est joyeux, enthousiaste,
Ses partisans sont fort nombreux.
Bacchus appelle à lui la rime ,
Et par son nectar précieux
Obtient le suffrage unanime
Des jeunes et surtout des vieux.

Je ne veux point, dans ce concert d'hommages,
Troubler la joie inspirant vos chansons.
Ce ne sont là qu'innocents badinages
Vite connus sans beaucoup de leçons.

Mais au-dessus de vos poèmes
Nés de l'amour et des bons vins,
Ne trouvez-vous pas en vous-mêmes
Des sujets graves ou moins vains ?
Eh quoi ! le nom qui seul enflamme
Tout cœur aux nobles sentiments
N'éveillerait plus en votre âme
De généreux frémissements ?
Chez vous, le grand mot de Patrie
Désormais serait sans échos ?
Quelque sceptique raillerie
Du peuple aurait tous les bravos ?..
Mais que deviendrait donc la France ?
Quel crime aurions-nous bien commis
Pour qu'une telle déchéance
Nous abaissât jusqu'au mépris ?..

Cherchez plus haut, cherchez plus haut, poètes,
Cherchez en vous vos inspirations ;
Du NOM français soyez les interprètes ,
Consacrez-lui vos méditations.

Qu'à la source vivifiante
Des patriotiques amours
Votre âme fière et confiante
Se régénère pour toujours.
Que de tous, l'effort unanime

Emeuve les indifférents :
Faites-en le feu qui ranime
Le dernier souffle des mourants.
Rappelez-vous le vieil Homère
Immortalisant les combats,
Imitez son saint ministère :
Faites d'un peuple, des soldats.

Qu'en vous lisant, chacun sente en soi-même
Le feu sacré qui doit le soutenir
Au jour futur de la lutte suprême
Que peut cacher l'insondable avenir.

LE RÉGIMENT

Le régiment, musique en tête,
S'annonce et va bientôt passer,
Chacun accourt, c'est une fête,
On voit les groupes se presser.

Vieillard, dont la prunelle brille
En regardant ces fiers guerriers,
Est-ce là ta jeune famille
Qui s'en va cueillir des lauriers ?

Toi, mère, qui d'un œil avide
Comptes les hommes de ces rangs,
Tu souris : dans ce flot rapide
Verrais-tu l'un de tes enfants ?

Vieux soldat, pourquoi cette larme ?
De joie on voit bondir ton cœur.
— « Pour moi, quel honneur et quel charme »
« J'ai là mon fils pour successeur !.. »

Beauté, comme une fleur éclose,
Toi qui respires la vertu,
Dis-nous, joli bouton de rose,
Dans ces passants, toi, que vois-tu ?

Bel enfant, au soldat qui passe
Tu veux donner un franc baiser,
Grandis, tu trouveras la place
Qu'on ne saurait t'y refuser.

Qu'en dis-tu, laboureur paisible,
Toujours courbé sur tes sillons,
Toi qu'un travail parfois pénible
Retient loin de nos bataillons ?

N'est-il pas la paix sur la terre ?
La force qui soutient la loi ?
Et sans son puissant ministère,
Qui donc serait maître chez soi ?

Commerçant de toute nuance
Ouvrier, bourgeois ou rentier,
C'est pour vous tous, c'est pour la France
L'espoir vivant d'un peuple entier.

Voyez en leur démarche altière
L'assurance de jours de paix,
Prêts à marcher vers la frontière
Ils ne reculeront jamais.

Enfants d'une même patrie,
Rien ne saurait les désunir ;
Chacun dans son ardeur s'écrie :
« Nous saurons tous vaincre ou mourir ! »

SURSUM CORDA

La France jouissait d'une rare fortune ,
Tout semblait présager un avenir heureux ,
Chacun se trouvait fier de la gloire commune
Quand la guerre éclata, — quel souvenir affreux !..
Le fléau déchaîné, ravageant nos campagnes,
Sans pitié détruisit un passé glorieux ;
Les Français sont vaincus, dit l'écho des montagnes ,
Répétant du Prussien le cri victorieux...
Un silence de mort remplit d'abord la France
Que déchirait sans honte un vorace applaudi ;
Il se rua sur elle et de sa décadence
Se fit un piédestal qui ne l'a point grandi.
A peine revenus d'un moment d'épouvante,
Alors que le Prussien était encor chez nous,
Sans savoir si la France était morte ou vivante,
Beaucoup à nos malheurs montraient un grand courroux.
On fit sonner bien haut le saint patriotisme,
Ceux qui criaient le plus, au feu ne marchaient pas,
Et cachant sous des mots un piteux égoïsme,
Donnaient à la Patrie un baiser de Judas !
C'est trahir son pays, quand gronde la tempête,
De proclamer partout qu'on est bon citoyen,
Lorsqu'au fond l'on se rit d'une affreuse défaite,
Pourvu qu'on n'y soit pas et qu'on n'y perde rien.

Triste temps que ces jours où quelquefois le lâche,
Pour cacher un mépris par lui trop mérité,
Reprochait au soldat de faillir à sa tâche ,
Lui, n'ayant su veiller qu'à sa sécurité !
Chaque parti, jetant sur l'autre la défaite,
Se disculpait de tout devant l'opinion ;
Souvent on discutait, et partout chaque enquête
N'aboutissait à rien qu'à la désunion.
Est-ce là d'un grand peuple une allure avouable ?
Peut-il tomber si bas quand il était si haut?
Doit-il, en oubliant un maintien respectable ,
Se montrer impuissant et moindre qu'il ne vaut ?
Non... Et dans l'avenir, quel que soit pour la France
Le sort qui peut l'attendre, elle devra toujours
Rester calme, impassible, et par sa vigilance
Donner à ses enfants de longs et d'heureux jours.
Pour atteindre ce but, il faut de la sagesse,
De l'union surtout. Un esprit de grandeur
De nous doit éloigner tout sujet de faiblesse,
Maintenir à jamais nos droits et notre honneur !
Chassons le fol orgueil, plus de vieille légende,
Mais un calme serein, un travail assidu ;
Plus de dénigrement, plus de bruit qu'on entende :
Nous avons trop à faire et beaucoup trop perdu.

Que chaque citoyen se dispose à l'avance,
Que le père et le fils s'apprêtent à marcher,
Qu'on se souvienne enfin que notre indépendance

Est notre plus grand bien, qu'on n'y saurait toucher.
Que dans tout le pays, soit palais, soit chaumière,
On prépare l'enfant aux coups de l'avenir ;
Que chaque endroit produise à lui sa pépinière
De soldats dévoués, toujours prêts à servir.
Que tout être pensant consacre à la Patrie
Les biens qu'il en reçut en venant ici-bas,
Qu'il la porte en son cœur jusqu'à l'idolâtrie :
Honneur à qui lui rend sa vie et son trépas...
Voyons par-dessus tout le salut de la France,
Portons tous en nos cœurs ce grand nom vénéré,
Marchons comme un seul homme à sa noble défense,
Elevons sa puissance au suprême degré.
Quand paraîtra le jour d'une lutte sanglante
Que pas un seul Français ne manque au rendez-vous :
Le combat sera long et l'action brûlante.
Puisse alors le succès couronner tous nos coups !

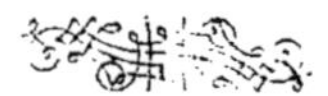

RIVALITÉS

On dit, je ne saurais le croire,
Que nos soldats sont des rivaux ;
Pour tous ne serait point la gloire :
Ils n'ont pas les mèmes travaux.
       Artillerie,
       Cavalerie,
       Infanterie,
       Partout égaux.

Le but étant pour tous le méme :
Celui de défendre l'Etat ;
Point de premier ni de troisième,
Ensemble ils marchent au combat.
       Cavalerie,
       Artillerie,
       Infanterie,
       Tout est soldat.

Du fantassin le projectile
Vaut bien celui du cavalier ;

Chacun à l'armée est utile,
Surtout le petit fusilier.
  Infanterie,
  Cavalerie,
  Artillerie,
  Pas de dernier.

Si le canon dans la bataille
Majestueux parle de loin,
Partout, le fantassin tiraille,
D'un bois, d'un mur, de chaque coin.
  Artillerie,
  Infanterie,
  Cavalerie,
  Au même point.

A l'action marche rapide
Le cavalier sur son cheval
Et par son élan intrépide
A l'ennemi devient fatal.
  Cavalerie,
  Artillerie,
  Infanterie,
  Pas de rival.

Pour le succès d'une journée
Rassemblons-nous, jeunes et vieux,

Car dans une lutte acharnée
L'union fera les heureux.
      Artillerie,
      Cavalerie,
      Infanterie,
      Tous pour le mieux.

A bas le faux militarisme,
L'orgueil d'un emploi mal compris,
Vive le vrai patriotisme !
Lui seul peut avoir quelque prix.
      Infanterie,
      Cavalerie,
      Artillerie,
      Pour le pays !

SOLDAT !

« Va, mon enfant, marche où le sort t'appelle
« Pour le pays, on doit nous séparer :
« A ton drapeau reste toujours fidèle,
« Par ta conduite il faut nous honorer.
« Dans tes moments de fatigue ou de peine
« Rappelle toi ceux qui restent ici,
« Ton père et moi n'aurons rien qui nous peine :
« Tu seras sage et bon soldat aussi. »

Voilà comment une mère française
Parlait, un jour, à son fils qui partait,
Et sur son front, brûlant comme une braise,
Un long baiser de sa lèvre tombait.
Le cœur bien gros, mais non de défaillance,
« Mère, dit-il, adieu, je reviendrai !.. »
Puis une voix d'une tendre nuance
Lui soupira : « Pars, moi, je t'attendrai ! »

Au régiment bientôt notre homme arrive
Et le voilà, plein de feu, plein d'ardeur,

Vite il se fait à cette vie active,
A bien servir il met tout son honneur.
Comme partout, quelque tracasserie
Vient l'éprouver, parfois très durement,
Il ne répond qu'un mot : « Pour la Patrie ! »

Bravo ! soldat, à ton beau sentiment.

Voici le jour où la Mère commune
Fait appeler ses enfants au combat,
Un ennemi s'attaque à sa fortune,
Pour le chasser tout son peuple se bat.

Mais au village, on prie, on se lamente ;
De noirs pensers brisent de nobles cœurs,
La mort ! peut-être, implacable et sanglante,
Va foudroyer le sujet de leurs pleurs.

O Dieu d'amour, ne sois pas inflexible,
Epargne-leur ce désespoir affreux,
Et que de lui, par ton ange invisible,
Soient écartés des coups si dangereux.

Et le soldat, devinant leurs alarmes,
Sent tout d'abord un trouble qui l'émeut,
Mais il s'écrie en saisissant ses armes :
« Pour les défendre ! en avant ! Dieu le veut ! »

Bientôt après, une grande victoire
Marquait la fin de combats trop sanglants ;
La France alors rayonnante de gloire
Aux jours de paix bénissait ses enfants.

Notre soldat, regagnant son village,
Fit ses adieux à son vieux régiment ;
Il fut toujours un vivant témoignage
De ce que peut un noble enseignement.

A son retour, une voix adorable
Se fit entendre au héros applaudi :
Elle disait d'un accent ineffable :
« Ami si cher, la gloire t'a grandi ! »

BAZEILLES

On les connaissait peu, ces soldats de Bazeille;
Cependant pour la France ils n'étaient pas en vain !
Il ne fallut rien moins qu'une lutte pareille,
Pour nous redire encor quelle est leur double fin.
Toujours disséminés sur la plage lointaine ,
Modestes conquérants de pays si divers,
On ne les voyait point aux rives de la Seine,
Mais ils avaient pour eux tout le vaste univers.
Madagascar, Japon, Indes et Cochinchine,
Bourbon, Calédonie, Antilles, Sénégal,
Voilà les horizons des soldats de marine ;
C'est là leur héritage immense et sans égal.
Sous des climats ardents, loin de la métropole,
Ils vont, ces nobles cœurs, bravant cent fois la mort,
Préparer leurs succès à cette rude école
Puisque toujours combattre est leur glorieux sort...

France, rappelle-toi ce grand nom de Bazeille,
Ce combat de géants, ce duel de trois jours,
Cette valeur que seul pourrait chanter Corneille,
Tes fiers enfants sur qui tu peux compter toujours.

Contre les Bavarois ils n'étaient que huit mille,
Du premier au dernier résolus à mourir :
C'était le champ d'honneur !.. Dans leur ardeur fébrile
On put les écraser, mais non les voir faiblir...
Tout tenait en ce jour d'un délirant prodige,
Le flot des ennemis sans cesse grandissant
Ne put les effrayer : et, gardant leur prestige,
Ils luttaient, ces lions, parfois dix contre cent !
Chaque maison n'était qu'un sanglant mortuaire
Où tombaient en héros ses vaillants défenseurs.
Le cruel Bavarois se fit incendiaire,
Léguons ce souvenir à tous nos successeurs.
Bazeilles mitraillé, sinistre, tout en flammes,
N'indiquait point à qui serait le dernier mot,
Mais enfin le succès, trompant de grandes âmes,
Tourna vers les Prussiens !.. Hélas ! ils étaient trop !

A ce dernier moment nos soldats de marine
Que la mort épargnait, déchirant leurs drapeaux,
En firent plusieurs parts ; chacun sur sa poitrine
Cacha pieusement ces glorieux lambeaux !..
Combien sont restés là, superbe Germanie,
De ceux qu'on attelait à ton char triomphant ?
On ne le saura point ; le vrai chiffre, on le nie,
Munich peut l'avouer, mais on le lui défend !..

Où sont-ils, maintenant, ces guerriers de tout âge
Dont les nombreux exploits ont consolé nos cœurs ?

Le calme de la paix est-il leur apanage ?
Non : d'ennemis nouveaux ils sont encor vainqueurs.
Soit l'insurrection de la Calédonie
Ou bien du Sénégal les multiples combats,
L'indomptable valeur au dévoûment unie
Partout à la victoire a conduit nos soldats.
Quel mobile puissant, au milieu de leurs peines,
Dans des séjours malsains ruinant leur santé,
A pu leur prodiguer des forces surhumaines ?..

L'amour de la Patrie et leur fraternité !

ROCHEFORT. — IMP. CH. THÉZE.

9 782019 127718